孙子兵法

——第二十一册

上海人民美术出版社

浙江人民美术出版社

目　录

孙子曰：凡用兵之法，将受命于君，合军聚众，交和而舍，莫难于军争。军争之难者，以迂为直，以患为利。故迂其途而诱之以利，后人发，先人至，此知迂直之计者也。

故军争为利，军争为危。举军而争利则不及，委军而争利则辎重捐。是故卷甲而趋，日夜不处，倍道兼行，百里而争利，则擒三军将；劲者先，罢者后，其法十一而至。五十里而争利，则蹶上军将，其法半至。三十里而争利，则三分之二至。是故军无辎重则亡，无粮食则亡，无委积则亡。

故不知诸侯之谋者，不能豫交；不知山林、险阻、沮泽之形者，不能行军；不用乡导者，不能得地利。故兵以诈立，以利动，以分合为变者也。故其疾如风，其徐如林，侵掠如火，不动如山，难知如阴，动如雷震。掠乡分众，廓地分利，悬权而动。先知迂直之计者胜，此军争之法也。

《军政》曰："言不相闻，故为金鼓；视不相见，故为旌旗。"故夜战多金鼓，昼战多旌旗。夫金鼓旌旗者，所以一民之耳目也，民既专一，则勇者不得独进，怯者不得独退，此用众之法也。

故三军可夺气，将军可夺心。是故朝气锐，昼气惰，暮气归。故善用兵者，避其锐气，击其惰归，此治气者也。以治待乱，以静待哗，此治心者也。以近待远，以佚待劳，以饱待饥，此治力者也。无邀正正之旗，勿击堂堂之陈，此治变者也。

故用兵之法：高陵勿向，背丘勿逆，佯北勿从，锐卒勿攻，饵兵勿食，归师勿遏，围师必阙，穷寇勿迫，此用兵之法也。

孙子说：大凡用兵的法则，将帅接受国君的命令，从征集民众、组织军队，到同敌人对阵，在这过程中没有比争取先机之利更困难的。争取先机之利最困难的地方，是要把迂回的弯路变为直路，要把不利变为有利。所以用迂回绕道的佯动，并用小利引诱敌人，这样就能比敌人后出动而先到达所要争夺的要地，这就是懂得以迂为直的方法了。

所以军争有有利的一面，同时军争也有危险的一面。如果全军带着所有装备辎重去争利，就不能按时到达预定地域；如果放下装备辎重去争利，装备辎重就会损失。因此，卷甲急进，昼夜不停，加倍行程强行军，走上百里去争利，三军将领都可能被俘；强壮的士卒先到，疲弱的士卒掉队，其结果只会有十分之一的兵力赶到。走五十里去争利，上军的将领会受挫折，只有半数兵力赶到；走三十里去争利，只有三分之二的兵力赶到。因此，军队没有辎重就不能生存，没有粮食就不能生存，没有物资就不能生存。

　　不了解列国诸侯战略企图的，不能预先结交；不熟悉山林、险阻、水网、沼泽等地形的，不能行军；不重用向导的，不能得到地利。所以，用兵打仗要依靠诡诈多变才能成功，根据是否有利决定自己的行动，按照分散和集中兵力来变换战术。所以，军队行动迅速时像疾风，行动舒缓时像森林，攻击时像烈火，防御时像山岳，荫蔽时像阴天，冲锋时像雷霆。掳掠乡邑，要分兵掠取；扩张领土，要分兵扼守；衡量利害得失，然后相机行动。事先懂得以迂为直方法的就胜利，这就是军争的原则。

　　《军政》说："作战中用语言指挥听不到，所以设置金鼓；用动作指挥看不见，所以设置旌旗。"所以夜战多用金鼓，昼战多用旌旗。金鼓、旌旗，是统一全军行动的。全军行动既然一致，那么，勇敢的士兵就不能单独前进，怯懦的士兵也不能单独后退了，这就是指挥大部队作战的方法。

　　对于敌人的军队，可以使其士气衰竭；对于敌人的将领，可以使其决心动摇。

军队初战时士气饱满，过一段时间，就逐渐懈怠，最后士气就衰竭了。所以，善于用兵的人，要避开敌人初来时的锐气，等待敌人士气懈怠衰竭时再去打它，这是掌握军队士气的方法。用自己的严整对付敌人的混乱，用自己的镇静对付敌人的轻躁，这是掌握军队心理的方法。用自己部队的接近战场对付敌人的远道而来，用自己部队的安逸休整对付敌人的奔走疲劳，用自己部队的饱食对付敌人的饥饿，这是掌握军队战斗力的方法。不要去拦击旗帜整齐部署周密的敌人，不要去攻击阵容堂皇实力强大的敌人，这是掌握机动变化的方法。

　　用兵的法则是：敌军占领山地不要仰攻，敌军背靠高地不要正面迎击，敌军假装败退不要跟踪追击，敌军的精锐不要去攻击，敌人的诱兵不要去理睬，敌军退回本国不要去阻击拦截，包围敌人要虚留缺口，敌军已到绝境不要过分逼迫。这些，就是用兵的法则。

内容提要

《军争篇》主要论述在通常情况下夺取制胜条件的基本规律。其中心思想就是如何趋利避害，保证军队在开进和接敌运动中争取先机之利。

孙子高度重视对有利作战地位的争取，并且从辩证思维的角度，充分论证了"军争"的有利和不利。主张在军队开进过程中，要善于做到"以迂为直，以患为利"（变迂回远路为直达，变患害为有利），先敌占取有利战机。为了确保军争的顺利成功，孙子强调做好各方面的充分准备，即了解"诸侯之谋"，察知"山林、险阻、沮泽"等地形条件，任用"乡导"。

孙子要求作战指导者在军队接敌运动过程中，自始至终坚持和贯彻"兵以诈立，以利动，以分合为变"的指导原则，搞好全军上下"治心"、"治气"、"治力"、"治变"的各个环节，树立必胜信念，激励士气，统一号令，灵活应变，抓住战机，去夺取胜利。

在本篇的结尾处，孙子还归纳总结了八条"用兵之戒"，其中虽不免一定的历史局限性，但它们的确是当年孙子探索真理时所能达到的高度。

孙 子 兵 法

SUN ZI BING FA

孙策以迂为直攻王朗

编文：翟蜀成

绘画：卢 汶

原　文　军争之难者，以迂为直，以患为利。

译　文　争取先机之利最困难的地方，是要把迂回的弯路变为直路，要把不利变为有利。

1. 孙策，字伯符，是三国时期吴主孙权的哥哥。他用兵猛锐神速，所向皆破，继承父亲孙坚的事业，占有江东。虽然他二十六岁就死了，却为后来孙权创建吴国奠定了基础。

2. 公元196年，孙策率军从钱塘（今浙江杭州附近）出发，南渡钱塘江，向会稽太守王朗驻守的固陵城（今浙江萧山西兴镇）发起进攻。

3. 王朗凭借坚固工事进行防御，孙策率军从水上连续数次发动进攻，均未得手。

4. 孙策叔父孙静建议从固陵南面的查渎（今浙江萧山东南）绕道袭取王朗的后方。孙策认为这是一个"以迂为直，以患为利"的好方案，立即点头采纳。

5. 为了保证方案的实施，孙策便传令军中道："最近连日下雨，江水混浊，士兵饮用后多次发生腹痛拉肚子，马上去采办数百口水缸澄水。"

6. 夜幕降临后，孙策便叫人将油注入缸中，燃起火种，佯示部队主力仍在固陵城正面，诳骗王朗。

7. 孙策暗中却分兵绕道查渎，从侧后袭击高迁屯（今浙江萧山西）。

8. 王朗闻讯大惊，派前丹阳太守周昕等率部队向前迎击。

9. 孙策早已张网以待。周昕军进入伏击圈后，遭到毁灭性打击，周昕被杀，余众溃散。

10. 王朗自知难再与敌，便由海上退至东冶（今福建福州）。孙策督军追击，攻破东冶，王朗战败投降，会稽遂告平定。

赵奢纾军诱进战阏与

编文：岑　西

绘画：杨志刚

原　文　迂其途而诱之以利，后人发，先人至。

译　文　用迂回绕道的佯动，并用小利引诱敌人，这样就能比敌人后出
　　　　动而先到达所要争夺的要地。

1. 战国赵惠文王二十九年（公元前270年），秦国派中更（秦爵位第十三级）胡阳伐赵，越过韩国上党地区，包围了赵国险要的阏（yù）与城（今山西和顺）。

2. 赵王召大将廉颇问道："可以发兵援救吗？"廉颇说："道远险狭，难救。"赵王又召问将军乐乘，乐乘的回答与廉颇一样。

3. 赵王再召问赵奢，赵奢答道："在远征途中的险狭地带作战，犹如两鼠于洞穴中争斗，将士勇者胜。"

4. 赵王于是命赵奢为主将，率领大军前往阏与城。

5. 赵奢本是一名收租税的小吏，执法严明，杀了平原君赵胜手下九名抗租的家臣。平原君大怒，要杀赵奢。赵奢据理力争，平原君自知理亏，并认为赵奢是个人才。

6. 不久，平原君将赵奢推荐给赵王。赵王任命他管理全国赋税，果然管得井井有条，国库充盈，故而深得赵王器重。

7. 赵国部队离开国都邯郸，西进三十里，就停止前进。赵奢为了迷惑秦军，就对部下发了一道军令："谁要是来谈军事，劝说进兵急救的，立即处死！"

8. 秦军进至武安（今河北武安西南）西侧屯驻，威势赫赫，昼夜鼓噪呐喊，操练演习。

9. 这时，赵奢部下有一军吏忍耐不住，主张进军，对赵奢谈急救武安之事，赵奢按军令立即斩了他。

10. 赵奢驻兵不动，只是加固防御工事。驻留了二十八天，依然不进，还一再增加营垒的构筑。

11. 正在此时，秦国派人来到赵奢军中，刺探军情。赵奢知道了也不动声色，用好酒好菜款待了来人，然后把他送走。

12. 那个秦国密探一回去，就把赵奢增垒不进的军情，报告给秦国将军。秦将一听大喜道："赵奢离开邯郸三十里而驻军不前，只是增垒防守，看来阏与指日可破，不再属于赵国了。"

13. 秦国间谍走后，赵奢下令立即拔营。赵军动如脱兔，星夜兼程，只用了一天一夜的时间就赶到阏与前线。

14. 赵奢命令善于射箭的士兵在离阏与五十里一带的山地扎营，筑成营垒。秦军闻讯，知道上当受骗，全部人马也随后赶到。

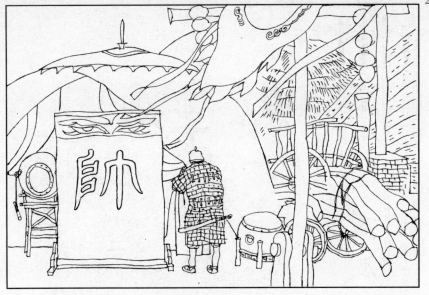

15. 就在这一触即发的决战形势下，赵奢部下有个军士许历来到统帅部冒死求见，要来谈作战问题。赵奢说："请他进来！"

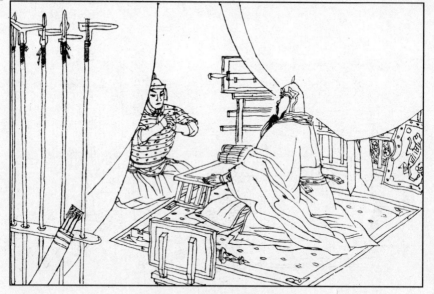

16. 许历对赵奢说："秦军想不到赵军会这么快到达这里，他们来势汹汹，你一定要加强战阵，集中力量，准备迎战。否则，必败无疑。"

17. 赵奢道："按当初的军令，你准备接受处分吧！"许历毫无惧色地说："那就请腰斩我吧！"不料赵奢又道："前令是离开邯郸时发布的，现在不适用了，请说吧。"

18. 许历一听这话，就再进一步申述自己的作战意见："要赶快占据阏
与北山，先上山者胜，后上山者败。"赵奢采用了这个建议，立即派兵
一万抢占了北山。

19. 秦军赶到北山已是迟了一步，也蜂拥上山，但受到山上赵军的猛烈阻击，箭如雨发，秦军始终冲不上去。

20. 赵奢一看总攻时机已经成熟，就纵兵从四面八方展开攻击，秦军人仰马翻，伤亡惨重。

21. 秦国中更胡阳眼看士卒已丧失斗志，丢盔弃甲，纷纷溃逃，即下令撤军。赵奢就解了阏与之围。

22. 赵奢出师奏捷回到邯郸，赵惠文王赐他封号为马服君，与上卿廉颇、蔺相如同等地位。许历也因献策有功，被升为国尉。

李广利劳师远征败燕然

编文：晓　基

绘画：钱定华　韵　华

原　文　卷甲而趋，日夜不处，倍道兼行，百里而争利，则擒三军将。

译　文　卷甲急进，昼夜不停，加倍行程强行军，走上百里去争利，三军将领都可能被俘。

1. 汉武帝征和三年（公元前90年）正月，匈奴举兵攻破五原（今内蒙古包头西北）、酒泉两城，杀了守城的两名都尉。

2. 汉武帝派贰师将军李广利率领七万大军，出五原抗击匈奴。

3. 李广利引兵出塞后，匈奴派右大都尉和卫律（由汉降匈奴，被匈奴单于封为丁灵王）带领五千骑兵在夫羊句山隘口（今蒙古达兰扎达加德西）拦截汉军。

4. 汉军初战，锐气正盛，加上兵马数量上占绝对优势，激战之下，匈奴兵寡不敌众，大败而逃。

5. 汉军乘胜追击，一路北行，直抵夫羊句山隘口西北的范夫人城。眼见汉军来势汹汹，匈奴兵不敢拒敌，弃城而走。

6. 李广利的妹妹李夫人曾得宠于汉武帝，生有一子被封为昌邑哀王。李广利在出征前曾与丞相刘屈氂密谋，欲使皇上立昌邑哀王为太子。

7. 在李广利进军的途中，他们的密谋泄漏，刘屈氂被杀。李广利的妻子亦遭监禁。

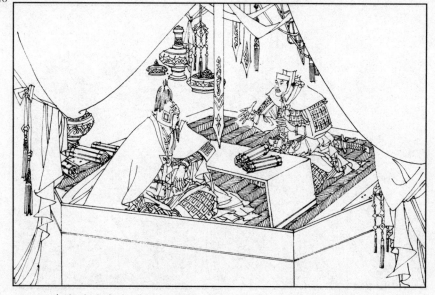

8. 远在塞外的李广利闻知此事，又愁又怕。他的下属胡亚夫对他说：
   "将军的妻子和家人都已被关押，您若回去，只能与他们相会在监狱里
   了。"

9. 李广利犹豫再三，心知后退无路，想以战功来赎罪，便继续挥师北进，直至郅居水滨（今蒙古色楞格河）。

10. 这时，匈奴兵已离开了郅居水一带。李广利便带领二万兵马，渡过郅居水，迎面碰上匈奴左贤王、左大将率领的二万兵马。

11. 两军激战了整整一天。匈奴左大将被杀，士兵死伤甚众。汉军也有相当的伤亡。

12. 李广利军中的长史和煇渠侯见李广利为了求功而置众人于险地不顾,便图谋合力拘捕李广利。

13. 此事被李广利察知，便斩了长史，然后引兵来到燕然山（今蒙古杭爱山）。

14. 汉军经过万里跋涉，一路鞍马劳顿，早已失却初时的锐气。匈奴单于知道汉军已经疲劳，亲率五万骑兵拦击汉军。

15. 经过一场激战，双方各有死伤，汉军更为疲惫。当夜，匈奴军在汉军的营地前挖了一条数尺深的壕沟。

16. 然后，匈奴军迂回到背后，向汉军发起了进攻。汉军前有壕沟阻碍，后有敌军攻击，欲进不能，欲退不得，顿时全军大乱。

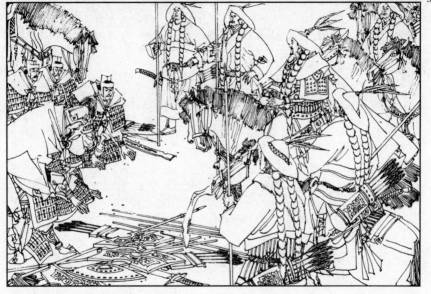

17. 李广利见军无斗志，败局已定，只得率军投降匈奴。单于将自己的女儿嫁给他，荣宠超过卫律。

18. 卫律对李广利很妒忌。一次，借单于母亲卧病之机，卫律命胡巫说："当杀贰师（即李广利）以祠兵（兵将出战，杀牲畜以飨士卒）。"李广利遂被杀。

左宗棠缓进急战复新疆

编文：兵　者

绘画：庞先健　佩　芳　雅　眉

原　文　军无辎重则亡，无粮食则亡，无委积则亡。

译　文　军队没有辎重就不能生存，没有粮食就不能生存，没有物资就不能生存。

1. 清同治四年至十三年（公元1865年—1874年），我国新疆天山南北广大地区被浩罕汗等国所侵占。在这期间，沙俄和英帝国相继在新疆扩展各自的侵略势力。新疆各族人民生活在水深火热之中。

2. 同治十三年，正当清政府调兵遣将，准备出兵收复新疆之际，发生了日军侵犯我国台湾的事件，使东南海防紧张起来。于是清政府内部发生了一场关于海防与塞防何者为重的争论。

3. 以北洋大臣李鸿章为首的海防派认为，无论新疆收复与否，都无益也无损于国家元气，而目前财政困难，无力顾及新疆，因此应放弃塞防，专营海防。准备出关的部队，可撤停即撤停，以匀其饷作海防之用。

4. 以湖南巡抚王文韶为首的塞防派则认为，列强中沙俄离中国最近，又最狡猾，现已侵占伊犁地区，如不迅速出兵收复，沙俄必将得寸进尺，因此宜全力西征。只要不让沙俄得逞于西北，其余各国必不致于在东南挑衅。

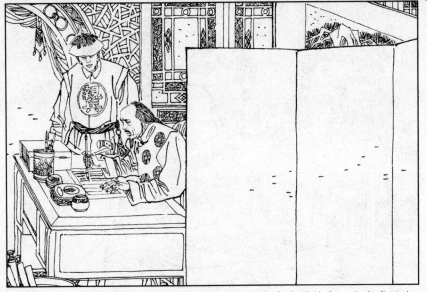

5. 清统治者对此举棋不定，密谕陕甘总督左宗棠参谋其事。左宗棠于光绪元年（公元1875年）四月奏陈：海防创办多年已有头绪，不需另筹经费，而新疆不复，不仅陇右（今甘肃、青海一带）堪忧，北路一带也未能安宁。

6. 左宗棠还指出：此时停兵节饷，于海防未必有益，于塞防则大有所妨，因此主张"东则海防，西则塞防，两者并重"。清政府认为左宗棠"所见甚是"，便于五月任命他为钦差大臣，督办新疆军务。

7. 左宗棠受命后，立即开始了进军新疆的实际准备工作。

8. 左宗棠认为：用兵新疆，有兵、饷、粮、运四大困难，尤其因为新疆的特殊地理条件，使粮、运二事更成为成败的关键。因此，他从一开始便以此二事为中心，展开其他各项工作。

9. 左宗棠首先对部队进行"精兵"整顿，将自己统辖的一百八十余营裁掉四十营，将已驻新疆的金顺部八十一营裁掉四十二营，又从老湘军五十五营中精选二十五营在凉州（今甘肃武威）整训。这样既提高了战斗力，又减轻了粮、运负担。

10. 其次积极筹措军饷。用兵新疆，每年需饷银约一千万两，而当时只得到近三百万两。左宗棠一再恳请清政府从国库拨款；令各省、关协助解款；自己又设法向外国银行借贷，终于在开战前使军饷有了着落。

11. 最难的还是购粮及其运输。新疆地处大陆深处，戈壁千里，黄沙漫漫，产粮极少，运输也极其艰难。因此保证粮草辎重的畅通采运是此番出兵作战的根本前提。

12. 左宗棠花费大半精力来筹划此二事，力求稳妥扎实地做到：每战兵马未动，粮草先行，以保证有辎重、有粮食、有委积。

13. 清军入疆部队最多时达到百营左右，其中骑兵约占四分之一，每年约需粮食五千万斤。准备三个月作战口粮和三个月储备口粮，需要两千多万斤。面对如此庞大的数量，左宗棠开辟了五个粮源来采买。

14. 从河西地区（今甘肃、青海两省黄河以西地区）采购到三千六百多万斤；从口北（今宁夏与呼和浩特、包头一带）采购到七百多万斤；从新疆北部地区买到三百多万斤；又从俄商和张曜所部屯垦地弄到一批粮食。

15. 运输是整个作战准备中最艰难复杂的工程。从凉州经河西走廊到前线，千里迢迢，道路失修，车马缺乏，气候、环境恶劣，左宗棠便以多花时间、多给报酬的办法解决。又以节节短运、分程包干的方式，使运输线环环相扣，川流不息。

16. 此外左宗棠还规定，凡出关的部队，除随身背负和用车、驼装运一批粮食外，还要每走一程就要腾出车、驼回头再运一批。如此往复前进，以分担整个战略运输的巨大压力。

17. 在左宗棠的调度下，清军从同治十三年十月到光绪二年五月，用一年零八个月的时间，将大批作战物资运抵新疆前线，并在哈密、巴里坤等地库存了两千多万斤粮食。至此，以粮、运为中心的各项后勤准备基本就绪。

18. 光绪二年（公元1876年）春，左宗棠调擅长后勤的刘典抵兰州，负责陕甘和新疆的后勤事宜；委托机敏果决的刘锦棠总理行营营务，同时指挥前线诸军作战。自己则从兰州移大营于肃州（今甘肃酒泉），居中坐镇，统筹调度。

19. 这时，浩罕汗国的军事头目阿古柏的兵力都在吐鲁番地区，北疆由阿古柏的部下白彦虎等降将防守，总兵力约两万人，主力六千余人部署在乌鲁木齐东北的古牧地（今新疆米泉）。

20. 据此，左宗棠计划先北后南，收复乌鲁木齐至玛纳斯一带，扼全疆总要之处，为南进准备后方基地，同时授刘锦棠"先迟后速，缓进急战"之策，告诫他务必做到"前途有粮可因，后路有粮为继，乃为稳着"。

21. 八月上旬，北疆战役打响。刘锦棠率诸军迅速攻占古牧地和乌鲁木齐，至十一月初，全部收复北疆。白彦虎南逃吐鲁番，阿古柏退守喀喇沙尔（今新疆焉耆），以其大总管爱伊德尔呼里防守达坂城，令其子海古拉守托克逊。

22. 这时刘锦棠想乘胜立即进取南疆，左宗棠冷静分析说："贼势虽甚衰弱，但孤军深入不可不加倍审慎。一旦后勤短缺或后路被断，就会挫折我军优势，陷于被动。"因此主张稳扎稳打。

23. 阿古柏为阻止清军南进，急赴托克逊布防，以吐鲁番、达坂城和托克逊三城互为犄角，坚固阵地准备顽抗。左宗棠也调兵遣将，周密筹划，以期一举打开南疆门户。

24. 为了开战后后勤供应无虞，左宗棠令古城粮局采运九百万斤粮食到
乌鲁木齐，加上在该地区收割、采购的粮食，为刘锦棠一军备足了四个
月口粮；同时赶运一批军装、被服和枪炮到达前线。

25. 开通南疆门户之战于光绪三年（公元1877年）四月中旬开始，刘锦棠与另外两路清军仅用半月就结束战斗，生擒爱伊德尔呼里。白彦虎逃入南疆，海古拉逃往喀喇沙尔，阿古柏则退到了库尔勒。

26. 当此南疆八城门户洞开之际，刘锦棠急切地打算暂作小停顿就进军。左宗棠仔细研究了天时地利等各方面的情况后，认为粮食准备还来不及，而无粮食就不可轻率进军。

27. 他又对刘锦棠说："用兵之道宜先布置后路，后路毫无罅隙可乘，
则转运常通，军情自固。然后长驱大进，后顾别无牵掣，可保万全。"
于是决定暂缓进军，待秋粮采运充足后再行举兵。

28. 这期间，殖民军内部分崩离析。阿古柏忧惧攻心，暴病身亡。其长子伯克胡里杀其弟海古拉，据守喀什噶尔（今新疆喀什）和阿克苏一带，白彦虎则苟延残喘于库尔勒一带，形势对清军极为有利。

29. 光绪三年九月，清军粮运准备完毕。刘锦棠不失时机地发起南疆战役。白彦虎一触即逃，刘锦棠当机立断追驰三千里，一举收复喀喇沙尔、阿克苏等南疆东四城。

30. 十二月，刘锦棠得知原叛国投敌的尼牙斯和何步云已分别在和阗与喀什噶尔反正，便迅即兵分三路，于年底收复了连同英吉沙尔（今新疆英吉沙）和叶尔羌（今新疆莎车）在内的南疆西四城。白彦虎和伯克胡里分道投奔沙俄。

31. 至此，除伊犁地区以外，沦陷十多年的新疆天山南北地区终于回到了祖国的怀抱。捷报传到肃州大营，左宗棠高兴万分。

32. 收复新疆作战的成功，正如左宗棠自己所说，"决胜之机，全在缓进急战四字"。整个战役历时近三年，其中用于打仗的时间总共不过九个月，其余大部分时间都用在战前的兵饷粮运的准备上。

33. 光绪五年（公元1879年）八月，左宗棠听说前驻法钦差崇厚同沙俄签订了丧权辱国的《交收伊犁条约》，仅收回伊犁一座孤城时，义愤填膺，坚决主张"先之以议论，决之以战阵"，定要收回伊犁失地。

34. 光绪六年（公元1880年）五月，左宗棠以六十九岁高龄出玉门关，移大营于哈密，决心与沙俄侵略者决一死战。在左宗棠的积极备战之下，沙俄被迫将伊犁地区的特克斯河流域的大片领土归还我国。

楚怀王失交丧师辱国

编文：夏 逸

绘画：杨德康 莫 夷白 隆

原　文　不知诸侯之谋者，不能豫交。

译　文　不了解列国诸侯战略企图的，不能预先结交。

1. 周赧王二年（公元前313年），秦国在威服韩、魏之后，图谋出兵攻打齐国。因齐与南方强国楚是盟国，关系密切，秦攻齐，怕楚击其侧背，于是，秦惠王派张仪入楚，意在拆散齐、楚联盟，各个击破。

2. 张仪到了楚国，并不急于求见楚王，而是先备下许多金银珠宝去拜谒
楚王的宠臣靳尚和楚怀王夫人郑袖，然后才由靳尚引荐给楚王。

3. 张仪对楚怀王道："秦王最敬重的莫过于您楚王，我张仪最大的愿望也莫过于为您效劳，而秦王和我最憎恨的是齐王，您却与齐王结亲通好，让我们都很为难啊！"楚怀王愣而不语。

4. 张仪继续说道："大王若能听信于我，与齐国断绝关系，秦将献商於之地六百里，并赐秦女为大王妾。对楚国来说，这样既削弱了齐国，又与秦结成姻亲，还得商於之地，不是一举三得的好事吗？"

5. 楚怀王大喜，当下同意了张仪的提议。于是群臣都庆贺楚怀王不费一兵一卒而得到六百里地。

6. 唯有客卿陈轸不但不喜，反以为悲。楚怀王大怒，责问其故。陈轸直言道："以我看，商於之地还没得到，齐与秦先已联合起来了；齐秦一旦联合，则楚将大难临头了！"

7. 楚王不解。陈轸又道："今秦之所以重视楚国，是因楚与齐结成联盟。若与齐绝交，那么，楚就孤立了。张仪归秦一定违背诺言，这样地不可得，而齐已绝交，秦齐兵至……"楚王不悦，令陈轸闭口，说："你看我得地吧。"

8. 楚王以相印授张仪，并以重金酬谢，盼张仪归秦后，说合秦王而赐商
於之地六百里与楚；同时下令，与齐国断绝结盟关系。

9. 张仪西归，楚王派一将军作为使者，跟随张仪入秦受地。谁知车到秦地，张仪假装从车上失足跌伤腿骨，三个月没有上朝。商於之地自然无从说起。

10. 楚怀王以为张仪故意拖延，是怀疑自己没有与齐国彻底断交，于是，派勇士到齐国边境辱骂齐王。

11. 齐王大怒，就派使臣去见秦惠王，于是秦齐结成联盟。

12. 这时，张仪才又上朝，并故作惊讶地对楚使者说："将军怎么还不去受地？从某某到某某是我的六里奉邑，愿以此献给楚王。"使者惊愕："楚王对我讲是商於之地六百里，怎么变成六里了呢？"张仪道："你听错了！"

13. 使者急回楚禀告。楚王怒不可遏，准备发兵攻秦。

14. 这时，陈轸挺身谏道："攻秦不如割地赂秦，与秦合兵攻齐，齐必败。这样楚虽然送地于秦，但却能取偿于齐，国家还能保全。"楚王不听，令将军屈匄（gài）率兵十万击秦。

15. 秦国早有准备，派庶长魏章领兵抗御，两军在丹阳（今河南淅川西，丹水以北）大战。正酣战间，齐国派大将匡章率兵五万，助秦攻楚。

16. 屈匄经不住两军夹攻而大败。秦杀楚甲士八万，俘虏屈匄以下将领七十余人，夺下汉中（今陕西汉中）一带六百余里土地。

17. 楚王不甘失败，倾全国兵力再次攻秦。蓝田（今陕西蓝田西霸河西岸）大战，楚又大败。

18. 韩、魏两国见楚兵败，乘机联兵攻楚至邓（今河南漯河东南），楚两面受敌，被迫退归，最后割两城与秦讲和。楚怀王失交，不但主力被歼，还失去北方攻守要地汉中，国都郢也受到了秦的威胁。